AF581953

Beauté d’une Rose

R.J.P Toreille

Beauté d'une Rose

Roman

LE LYS BLEU
ÉDITIONS

ISBN : 979-10-377-4595-8

Chapitre 1
Une vie au château

Notre histoire commence dans le royaume d'un pays très, très lointain.

Dans un magnifique château d'un éclat de blanc crème, avec plein de joies et de bonheur, un jeune prince nommé Alban qui possède des vêtements bleus, avec des cheveux roux et aux yeux marron et également une cape bleu pétrole.

Il tourna dans toutes les directions, pensant à quelque chose de précis.

Il voulait trouver le grand amour mais surtout trouver la femme de ses rêves. Il ne sait pas comment la trouver et comment s'y prendre.

Il marcha encore et encore, de droite à gauche, dans la salle du trône, réfléchissant sérieusement.

— Il me faut une princesse que j'aime et qui m'aimera aussi, se dit-il.

Quand soudainement, un domestique du château, tout souriant, rentra dans la salle du trône et s'aperçut qu'il se trouvait dans la solitude. Pour aider le jeune prince Alban afin de le remercier de la belle vie qu'il offre à chaque habitant du château, soldats comme domestique, il dit :

— Votre Majesté, votre mère, la reine, pense que vous trouverez l'amour si vous organisez un événement, propose le domestique.

Alban se retourna vers le trône de sa mère et se posa sur le rebord du trône, tout en prenant note de la proposition du domestique. Une idée lui vient en tête :

— J'ai une idée ! cria le prince Alban.

— Laquelle, si je puis me permettre, Votre Majesté ? demande le domestique.

Tout souriant, le prince regarda le domestique et alla organiser un bal où toutes les jeunes filles du royaume seront conviées.

— Je vais organiser une fête, comme ça, je trouverai une femme que j'aimerai. Je voudrais que vous organisiez tout et prépariez les invitations car nous organiserons cette fête demain soir, déclare le prince.

— Bien, à vos ordres, Votre Majesté, répondit le domestique.

Soudainement, une femme domestique arriva dans la salle du trône et demanda :

— Vous aviez demandé à me voir ? se présente-t-elle, saluant le prince.

— Oui, j’ai décidé d’organiser une fête demain soir ou tout le monde est invité, comme je l’ai dit à ton ami, je voudrais que vous prépariez tout pour la fête et les invitations.

— Bien, Votre Majesté, répondit la domestique.

Les deux domestiques partent ensemble, quittent la salle du trône pour rejoindre la salle des domestiques en vue de préparer cette fête.

Le jeune prince Alban était seul dans la salle du trône et il s’inquiéta fortement de ce que la fête ne marche pas.

Alors, il quitta la salle du trône et marcha dans les couloirs au beau milieu des soldats qui veillent sur le palais royal.

Puis, il se dirigea vers une gigantesque fenêtre, observa attentivement le paysage et la verdure où les fleurs ornent la végétation.

Il était triste, car pour lui, il sentait que la tentative de trouver une princesse ne marcherait pas.

Quant à un moment donné, un soldat vit le prince inquiet, et lui demanda :

— Votre Majesté, êtes-vous inquiet ? interrogea-t-il.

Le prince Alban cacha ses émotions et affiche un sourire forcé et répondit :

— Rien, je vais très bien, mon ami.

Le prince était comme habituellement aimable et plein d’amour pour les soldats, les domestiques et les habitants du royaume, car pour lui, l'amour et la joie sont les maîtres mots du royaume.

Le soldat avait remarqué le malaise du prince et était tellement inquiet pour Sa Majesté.

Sans s'en préoccuper, il se remit à son poste.

Alban regarda une dernière fois le paysage par la grande fenêtre et dit discrètement :

— J'espère fort que je trouverai la femme de mes rêves, chuchota-t-il.

Ensuite, il remarche dans les couloirs et ses larmes sont visibles. Le chagrin d'amour prend énormément le dessus sur lui, mais pour que personne ne voie sa tristesse, il sèche ses larmes et affiche une joie devant tout le monde.

Il croisa des domestiques qui travaillaient et des soldats qui gardaient chaque pièce et couloir du palais. Notre jeune prince se dirigea vers sa chambre.

Il était heureux de voir les domestiques préparer la fête de demain soir.

— Je suis tellement fier de mes domestiques et de mes soldats, s'exprime joyeusement le prince Alban.

Tout le monde était à leur poste. Une partie prépare les festivités, pendant que l'autre prépare les invitations qui seront prochainement envoyées.

Le prince marche au beau milieu des domestiques qui le voient aller jusqu'à sa chambre.

— Cette vie au château est merveilleuse, tu ne trouves pas ? dit une domestique à une de ses collègues.

— Je le pense tout autant que toi, le prince et la reine sont des personnes qui nous traitent avec amour et amitié, répondit l'autre domestique.

Tout le monde était d'accord, cette vie au château, dirigée par le prince et sa mère, la reine, est merveilleuse, puisqu'ils s'amusent, dansent, chantent… C'est le bonheur dans le palais royal.

Un homme domestique ajouta :

— Il n'y a pas plus merveilleux que le prince et sa mère, tout autant que le pauvre roi qui nous a quittés il y a quelques années auparavant.

— Je suis du même avis que toi, mon ami, explique en répondant un autre domestique.

Sans continuer la conversation, ils savent qu'ils ont du travail à faire et ils continuent les préparatifs pour la fête de demain soir, pour accueillir chaleureusement les invités.

Dans la chambre, le jeune prince entra silencieusement, se colla le dos contre la porte, enfin, il marcha silencieusement vers une armoire en or massif.

Il posa donc sa propre main sur le poignet et l'ouvrit délicatement, pensant toujours à l'élue de son cœur.

Après avoir ouvert l'armoire, il se mit à genoux et ouvrit un tiroir. Il fouilla à l'intérieur et retrouva une chose qu'il avait cachée auparavant : une boîte en cristal avec une bague à l'intérieur.

Pour lui, cette bague est destinée à sa future femme, l'élue de son cœur, pour enfin vivre le grand amour qu'il cherche depuis longtemps.

— J'espère qu'elle sera là, se dit-il en regardant le plafond.

— Vous la trouverez, Votre Majesté, ne vous inquiétez pas, intervient un domestique qui est rentré dans la chambre avec du linge propre.

Le prince Alban, pris de panique, se retourna vers le domestique et se leva avec peur, demandant :

— Tu es là depuis longtemps ?

— Depuis quelques secondes, Votre Majesté, j'étais venu ranger le linge, répondit le domestique en montrant sa joie.

Alors, l'homme rangea le linge dans une commode en or, s'en alla sous les yeux du prince Alban qui demande :

— Ne le dites à personne, je vous en prie.

— Ne vous en faites pas, Votre Majesté, je ne dirai rien, vous en avez ma parole, promet le domestique.

Il expliqua aussi au prince Alban qu'il faut écouter son cœur, car il nous mène sur le droit chemin.

Il fut ému par les paroles du domestique qui le regarda une dernière fois et qui ajouta avant de partir.

— Je vous conseille de garder votre tenue actuelle, conseille-t-il.

Le prince Alban le remercia et le domestique quitta la chambre, pendant que le jeune prince se mit à sourire, gardant espoir.

Chapitre 2
L'invitation

Plus loin du château du prince Alban, dans un somptueux manoir construit en brique et en bois, vivait une jeune fille de vingt-trois ans avec ses parents appartenant à la noblesse.

Cette jeune fille était radieuse, d'une grande beauté, elle avait les cheveux noirs comme la nuit et sa peau d'un magnifique beige étincelant qui brille sur son visage.

Elle était vêtue d'une robe bleu ciel avec un chouchou bleu dans les cheveux, coiffée comme une queue de cheval.

Elle s'appelait Lara et elle était en train d'admirer le paysage fleuri.

— J'aime beaucoup les champs de rose près de chez nous, se dit-elle toute joyeuse.

Admirant le jardin du manoir orné de fleurs printanières, elle se balada dans le jardin, sous le regard de sa mère qui l'observa depuis longtemps.

Cette femme, avec un panier en main, revient du marché, pour préparer le repas pour sa famille, elle regarde attentivement sa fille Lara.

Elle attendit longtemps et soudainement, Lara se mit à chanter dans un bonheur éternel, en compagnie des oiseaux et de quelques animaux. Après avoir terminé sa chanson, la mère de la jeune fille dit :

— Lara, je viens d'acheter des provisions et beaucoup de choses, je voudrais savoir si tu voulais venir m'aider à préparer le repas de ce midi avant que ton père revienne de son travail d'affaires, propose la mère de Lara.

— Avec plaisir, maman, j'arrive tout de suite, répondit Lara, toute souriante.

Lara se leva doucement et rentra dans le manoir avec sa mère, et toutes deux rejoignirent la cuisine.

— Qu'as-tu donc acheté de bon, maman ? demande-t-elle.

— Des légumes, des fruits, de la viande… explique la mère de Lara.

Lara prit le panier, le posa sur le plan de travail, sortit les aliments et décida de préparer une bonne salade composée.

— Je vais faire la salade composée, déclare Lara.

— Très bien, je m'occupe de la viande, dit la mère de la jeune fille en souriant de joie.

Une complicité entre mère et fille était mise en place, dans la joie et le calme, en préparant le repas pour midi.

Quelques minutes suivirent, le père de Lara arriva dans le manoir.

Il était vêtu comme sa femme et sa fille de vêtements dignes d'une personne riche.

L'homme regarda à droite, puis à gauche, enfin, il se dirigea vers le grand salon où sa femme et sa fille Lara étaient présentes pour lire un livre, puis l'homme dit à sa femme et à sa fille :

— Je vais me laver et je repartirai après avoir mangé, dit-il pendant qu'il s'assit sur un fauteuil jaune.

La mère de Lara se leva et apporta le café pour son mari, versant le café dans la tasse, elle demande :

— Tu as passé une bonne matinée ?

— C'est comme d'habitude, ce que l'on voit tous les jours, répondit-il.

Sous les yeux de sa fille, il but tranquillement son café et expliqua :

— Je serai de retour avant dix-huit heures.

— Très bien, le repas est prêt, nous t'avons attendu.

Le père de Lara se leva de son fauteuil, suivi de sa fille qui posa le livre dans la bibliothèque et ils se dirigèrent vers la salle à manger pour déguster le repas que Lara avait préparé avec sa mère.

Ils s'assirent tous autour de la table, pendant que la mère de la jeune fille dépose les aliments sur la table.

Réunis, ils mangent silencieusement et discutent ensemble sur la journée.

Lorsque soudainement, un homme toqua à la porte du manoir, ils se demandent ce que cela pouvait être.

Une visite simple, importante ? Ils ne savaient pas qui était la personne qui vient de toquer à la porte du manoir.

— Lara, tu veux aller ouvrir, s'il te plaît ? demande son père.

Alors, Lara se lève doucement et partit voir à la porte, et elle ouvrit et s'aperçoit que l'homme est un domestique du château royal que l'homme dit :

— Une invitation urgente de la part de Sa Majesté.

Lara prend alors, la lettre et dit :

— Merci en saluant l'homme, et elle referma la porte d'entrée du manoir, et elle regarde attentivement l'enveloppe en disant :

— C'est une invitation urgente selon eux.

Puis elle rejoint la salle à manger, pour découvrir cette lettre avec ses parents.

Une fois arrivée, son père demande :

— Qui est-ce ?

Alors Lara avec l'enveloppe s'approche de son père en disant :

— Une lettre qui vient du palais, c'est urgent, explique-t-elle.

Elle donna la lettre à son père, en étant curieuse de savoir ce que c'est.

Enfin, l'homme ouvrit l'enveloppe et le lit à haute voix.

— Écoutez, le prince Alban a la joie de vous inviter, vous et votre famille tout entière à la grande fête qui aura lieu au château royal demain à partir de vingt heures, saute de joie le père de Lara.

— On y va tous mais il me faut une magnifique robe ! Parle avec bonheur Lara.

— Ne t'inquiète pas, nous en trouverons une qui t'ira bien, mon enfant, raconte et rassure, la mère de la jeune fille.

Sans continuer, ils continuèrent à manger et de terminer le repas avant que le père de la jeune fille s'en aille de nouveau.

Le lendemain soir, Lara était dans sa chambre, pour trouver une belle robe pour aller à la fête, mais quelque chose commença à l'inquiéter.

Lara n'avait pas annoncé à ses parents qu'elle peut avoir une grande timidité, et qu'elle l'a longuement caché.

Elle se regarda dans le miroir, rapprochant chaque robe de son corps, face au miroir, mais aucune d'elles n'était bien pour la grande fête organisée au château.

Elle reposa les robes dans l'armoire et s'assit sur son propre lit, avec des larmes.

Des oiseaux accompagnés par quelques animaux l'ont vu triste et tentent de la consoler, mais en vain. Puis Lara dit aux animaux :

— Je n'ose vraiment pas y aller, j'ai honte et j'ai peur, se confie Lara.

Les animaux ne l'entendent pas de cette manière et essayent de nouveau d'aider Lara à surmonter sa timidité et sa peur d'aller au château royal.

Soudainement, elle vit avec les animaux des étoiles tourner autour d'elle, et prendre la forme d'une silhouette et une femme vêtue de vert, avec les cheveux bruns se trouva devant Lara.

— Mais qui êtes-vous ? se questionne-t-elle.

— Je suis la fée verte, mon enfant, tu as un doute et tu as des peurs, mais ne t'inquiète pas, tu es une grande fille, maintenant tu dois montrer ce que tu es au fond de ton cœur.

Lara était silencieuse et ne répondit pas. La fée annonce avec plaisir et amitiés :

— Tu iras à cette fête, je vais t'offrir la robe de tes rêves.

— Ma robe de mes rêves, vous pratiquez la magie ?

La fée annonça à Lara qu'elle va le découvrir dans quelques secondes, elle sortit une baguette verte de son manche et finit par prononcer un sortilège qu'elle tourna autour de Lara.

Lara découvrit, avec bonheur, la robe qu'elle avait toujours rêvée, et se regarda dans le miroir.

Elle portait une robe avec des chaussures argentées, avec des boucles d'oreille et d'un collier en or.

— Qu'est-ce qu'elle est belle, l'argenté est ma couleur préférée, merci ma fée, je serai courageuse, remercie Lara.

— Je savais que tu aimais la couleur argent, donc, je te l'offre, répond la fée.

La fée raconte, en lui faisant une révélation, en expliquant que le collier est magique, et si elle le retire, elle retrouvera la tenue qu'elle avait avant.

— Je ferai attention, promet la jeune fille.

— Je m'en inquiète pas, sèche maintenant tes larmes et vas-y à la fête et amuse-toi bien.

Soudainement, elles entendent des bruits de pas qui arrive vers la chambre de Lara, et la fée lui dit :

— Je m'en vais, et bonne chance, je serai toujours à tes côtés.

— Merci infiniment.

Ainsi la fée disparaît dans les aires, pendant que les animaux sortent par la fenêtre, et la mère de Lara rentra dans la chambre en disant :

— J’ai entendu parler ? se questionne la femme.

— Je parle toute seule, j’ai trouvé une robe dans mes affaires, ment Lara.

— Elle est magnifique, c’était pour te dire que la calèche est arrivée.

Lara montra sa joie et quitta sa chambre avec sa mère et toutes deux descendirent les escaliers sous les compliments de son père.

— On y va, dit le père de Lara.

Ils quittent le manoir et montent dans la calèche, et le cocher avança à faible allure, et Lara regarda par la fenêtre et aperçut la fée verte qui lui disait au revoir et bonne chance, et soudainement, la fée disparaît et dégageant une aura verte et d’étoiles qui scintiller.

Chapitre 3
L'arrivée de Lara

Dans le trajet sous ce ciel nocturne où la lune brillait et les étoiles étaient étincelantes, Lara regarda par la fenêtre de la calèche, et elle avait les yeux fixés sur la lune et les étoiles au ciel.

Elle se met à sourire, de force.

Sa mère la voyait toute joyeuse, que son mari avait la même impression.

— Lara, tu es toute joyeuse, cela se voit dans tes yeux, lui fait remarquer, la mère de la jeune fille.

Lara cache à ses parents sa timidité et sa peur d'aller au château royal et leur répond :

— Maman, je suis heureuse, car j'ai attendu depuis longtemps ce moment magique.

Tout le monde sourit et la calèche avança vers le palais royal pour la réception organisée au palais du prince Alban.

Quelques minutes suivent, ils arrivent devant l'entrée du palais et les parents de Lara descendent en premier, puis le père de la jeune fille dit :

— Lara, tu viens ? Nous sommes les derniers.

— Je peux rester un peu dans la calèche, je vais prendre mon temps, demanda Lara.

Son père accepta la demande de sa fille unique, et avec sa femme ils montent les marches et rentrent dans le palais royal.

En avançant vers la grande salle, ils retrouvent d'autres personnes qui étaient conviées pour la fête au château royal.

Lara, qui était toujours dans la calèche, avait un stress et une peur. Elle voulait rentrer chez elle mais elle se souvint de ce que la fée verte lui avait dit.

— J'ai un peu peur mais je dois y aller. Je l'ai promis à la fée, se souvient-elle.

Enfin décidée, elle descendit de la calèche avec sa somptueuse robe argentée et monta les escaliers, entra dans le palais au milieu des gardes et s'avança vers la grande salle pour retrouver ses parents.

Arrivée, elle retrouve ses parents.

— Maman, papa.

— Tu as enfin décidé de nous rejoindre, tu veux nous dire quelque chose Lara ? demanda le père de la jeune fille.

Lara expliqua qu'elle n'a rien à leur dire et se sert au buffet mis à disposition des invités et des membres du château.

Le prince Alban était présent et avait attendu pendant quelques minutes en regardant attentivement, celle qui sera sa future femme.

Les invités discutèrent entre eux, et le prince Alban leva son verre à pierre et prit une cuillère, et tapa la cuillère sur le verre.

— S'il vous plaît ! S'il vous plaît !

Les invités se retournent et ne disent plus aucun mot, en regardent le prince Alban, avec curiosité de savoir les paroles de Sa Majesté.

— Bienvenu au château, je suis heureux, avec les soldats et les domestiques de vous accueillir pour cette fête, alors, amusez-vous et faite vous plaisir, annonce Alban.

Les invités applaudissent le prince et commencent à faire la fête en s'amusant et en discutant.

Alors Lara dit à sa mère :

— Maman, je vais me laver le visage, explique-t-elle.

— Très bien, mais je t'attends avec ton père, mais ne traîne pas, répondit la mère de la jeune fille.

Lara remercia sa mère et posa son verre à pied sur une table et quitta la grande salle.

Le prince Alban parle avec des invités et l'aperçoit, il décide de la suivre en disant aux invités :

— Excusez-moi, je reviens vite, s'excuse-t-il.

Et il marcha à une vitesse lente, pour suivre Lara, car selon lui, il a senti le malaise et veut savoir ce qui se passe.

Dans les couloirs, Lara essaya d'évacuer sa timidité et son stress, elle marcha et s'approcha d'une grande fenêtre et admira le paysage nocturne à l'horizon.

Plus loin, le prince Alban, qui l'avait vu partir, se demanda qui était cette fille qui est partie en douce.

— Mais où est-elle ? Bon sang ? dit-il.

Il continue de chercher la jeune fille dans les couloirs et la retrouve devant la fenêtre assise et pensive. Il était très inquiet pour elle.

Il s'approche de Lara et lui demande :

— Mademoiselle, vous allez bien ? demande le prince Alban.

Lara se retourna vers le prince et elle lui répondit brièvement :

— Je vais bien, ne vous inquiétez pas.

— J'ai senti, le malaise, vous souhaitez en parler ? propose Alban.

Lara ne dit aucun mot et le prince posa ses mains sur les épaules de la jeune fille et lui proposa de venir avec lui dans le jardin du château, afin qu'elle puisse mieux respirer.

Alors, Lara accepta la proposition du prince Alban, mais, furent espionnés par un homme en armure médiéval blanc.

Sans le casque, c'était bien un homme avec ses courts cheveux bruns et ses yeux marron, avec un regard plus que méprisant.

C'était, le chevalier blanc, un homme pas très honnête et beaucoup de haine, car, il déteste plus que tout le prince Alban, et son souhait et de le faire souffrir davantage.

— Alban, sois-en sûr que ton bonheur sera détruit, je t'en fais la promesse, espèce de petit monstre ! chuchote-t-il.

Alors, le chevalier blanc recula lentement et s'en alla, puis quitta le château avec son cheval blanc, pour rejoindre son repaire situé à quelques kilomètres du château, et de réfléchir à un plan d'attaque.

Dans le château, Lara suit le prince Alban jusque dans les jardins du palais royal, ils y étaient seuls tous les deux.

Devant la porte dorée, et incrustée de diamants magnifiques, le prince ouvrit les portes et Lara était ébloui.

En arrivant dans le jardin, Lara était dans le bonheur, elle trouva le jardin d'une beauté étincelante.

— Aimez-vous le jardin ? demande Alban.

— Rien est plus merveilleux qu'ici, Votre Majesté, répondit Lara.

Ils marchent ensemble au centre du jardin, et le prince Alban propose :

— Puis-je avoir votre main ?

Lara, silencieuse, donna sa main au prince, chantant, ils se mettent à danser joyeusement.

Le prince Alban avait compris une chose, c'est qu'il a trouvé la femme de ses rêves.

Ils dansaient toujours sous les oiseaux qui volaient au-dessus d'eux, et émettent un sifflement aigu, ainsi le prince et Lara ne se quittent plus des yeux.

Chapitre 4
Le collier perdu

Ils dansent longtemps, qui n'ont plus fait attention à l'heure qui passe.

Lara perdait de plus en plus sa timidité, et devient de plus en plus à l'aise en compagnie du prince Alban, qui avait remarqué depuis un bon moment.

Ils s'arrêtent ensuite de danser, et marchent ensemble main dans la main, tout heureux ;

— Vous pensiez à quelque chose de précis ? demanda le prince.

— Je ne pensais à rien, Votre Majesté, ne vous inquiétez pas pour moi, répondit directement Lara.

Ensuite, Alban s'approcha d'un banc en cristal et proposa à Lara :

— Venez vous asseoir.

Lara s'approcha de lui en étant très souriante, et s'assit sur le banc en cristal au côté du prince Alban.

Alors, ils se prennent les mains, et Alban dit :

— Que penses-tu du jardin honnêtement ?

— Magnifique, je n'ai jamais vu de telle chose splendide ! s'exprime Lara.

— Tout le monde le raconte.

Lara se leva doucement et marcha dans toutes les directions sous les yeux du prince qui ne comprit pas, et pensa que la timidité de Lara refit surface.

— Quelque chose vous préoccupe ?

— Non, je ne sais pas quelle heure, il est maintenant.

Le prince Alban sorti une montre en or, accrochée à une chaîne, relié avec sa tenue et répond :

— Il est bientôt vingt-trois heures, pourquoi tu dois t'en aller ?

Lara s'assit de nouveau auprès du prince Alban et elle répond :

— Dans pas longtemps.

Le jeune prince voulait exprimer les sentiments qu'il éprouve pour Lara, mais il attend le bon moment pour lui dire.

Alban et Lara se regardent dans les yeux, et s'approchent leurs têtes pour s'embrasser, mais accidentellement, le prince Alban, arracha le collier de Lara, avec sa main, et une lueur, se dégage de Lara, et perd sa robe de bal argentée, et tout redevient comme s'était avant.

Elle se souvient que la fée lui a dit que le collier était magique, et se lève directement, avec stresse et timidité.

Elle se montre également honteuse, et prit de panique, devant le prince Alban qui s'inquiète, alors Lara elle cria ainsi :

— Mon dieu dans quel état, je suis, au revoir, Votre Majesté ! cria-t-elle.

Lara retrouve son apparence d'origine, et courra à une vitesse folle, pour quitter vite le château, mais le prince hurla :

— Attendez ! Revenez ! Je ne sais pas comment tu t'appelles !

Lara courut vers la sortie, suivie par le prince, et la jeune fille parvient à sortir du château, et à échapper au prince qui l'a perdu de vue.

— Mais où est-elle ? s'inquiète-t-il.

Il était difficile pour lui de la trouver dans la nuit, alors le prince Alban s'attrista et la tristesse se vit en lui, dans ses propres yeux. Il se retourna et repartit dans le jardin du palais royal.

— J'espère la retrouver au plus vite, mais comment ? se questionne-t-il.

En arrivant dans le jardin, il s'assoit de nouveau sur le banc en cristal, en réfléchissant attentivement et sérieusement.

Pourtant, son regard était fixé sur le collier de Lara, il se mit à genoux, et prit le collier dans ses mains.

— Je ne rêve que de l'épouser, je ferai tout pour la retrouver et au plus vite, se dit-il, en regardant le ciel nocturne.

Il prit le collier avec lui et rentra dans le château, pour rejoindre la salle du trône.

En arrivant, les invités partent chez eux, que le prince Alban se retrouva seul dans la grande salle.

Il s'assoit sur une chaise en bois et reste silencieux en regardant le collier.

À l'extérieur du palais, les parents de Lara ne retrouvent plus leur fille unique, que la femme dit à son mari :

— Tu ne l'aurais pas vu Lara par hasard ?

— Non pas depuis tout à l'heure, elle a dû rentrer à la maison maintenant, je la trouvais fatigué depuis le début.

— Tu as sans doute raison, répondit la mère de Lara.

Sans s'inquiéter, ils montent dans la calèche et quittent le palais pour rejoindre le manoir, où ils vivent, en espérant retrouver Lara.

Près des champs, dans une maison en bois, il y avait le chevalier blanc, l'homme cruel et diabolique.

Il tourna en rond, pensa à son plan diabolique, et une idée lui vient à l'esprit.

— J'ai une idée, si le prince Alban est amoureux de cette fille, elle me servira de pion ! Parle avec malice le chevalier blanc.

Alors, il s'approcha d'une bibliothèque et regarda chaque livre posé, puis prit un livre marron et lit pour avoir des astuces, pour préparer son plan diabolique et essayer de retrouver cette jeune fille.

Il s'assit sur une chaise et posa son épée sur le côté, et lit avec méchanceté et admiration, le livre.

Au même moment, les parents de Lara arrivent devant le manoir, où la calèche s'arrête juste devant, et les parents de la jeune fille descendent de la calèche et remercient le conducteur, et rentrent dans le manoir.

La mère de Lara alluma et retrouva sa fille allongée sur un tapis devant une cheminée dormant tranquillement.

Alors, elle appela son mari discrètement.

— Tu peux l'emmener dans sa chambre ? demande-t-elle discrètement.

— Bien sûr, je l'emmène tout de suite, accepte-t-il.

Alors l'homme prit sa fille unique dans les bras et partit vers la chambre de Lara.

En montant dans les escaliers, il regarda les tableaux accrochés sur le mur.

Suivi de sa femme, l'homme marcha dans le couloir, et une fois arrivé dans la chambre, il la posa sur le lit et posa ensuite la couverture sur elle, pour qu'elle ne prenne pas froid.

— Passe une bonne nuit ma chérie, dit l'homme à sa fille, en montrant une profonde joie.

Il sort ensuite de la chambre et retrouve sa femme en disant :

— Elle dort, bien, elle était juste fatiguée.

— D'accord, nous aussi, nous allons dormir.

— Tu as raison.

Le couple ferme la porte de la chambre de Lara, et silencieusement, ils marchent dans le couloir pour aller dormir à leur tour.

Une fois dans la chambre, ils se mettent en pyjama, s'allongent dans leur lit, et pensent à l'avenir proche.

Chapitre 5
Le dernier espoir

Dans leur chambre, les parents de Lara gardent un silence absolu, ils ne pensaient pas voir leur fille arriver avant eux.

Soudainement, Lara se réveille, rentre dans la chambre de ses parents avec des larmes aux yeux.

— Maman ! pleure-t-elle.

— Que se passe-t-il ? Pourquoi pleures-tu ? se demande la mère de la jeune fille.

— Je suis partie du château sans rien dire, j'ai honte de moi.

La mère de Lara lui explique qu'elle n'a pas à s'excuser pour ce malentendu.

— Tu devrais prendre un peu l'air, explique le père de Lara.

Lara se leva silencieusement et quitta la chambre de ses parents.

Les parents de Lara étaient très tristes de voir leur fille unique très malheureuse.

— Tout va s'arranger, rassure l'homme.

— Je veux bien le croire, répondit sa femme.

Lara, de son côté, descendit les escaliers puis arriva dans le grand salon, observa le feu de la cheminée, et elle s'en approcha silencieusement.

Elle s'assit et se mit à chanter de joie, avec des oiseaux et des animaux qui arrivaient vers elle, essayant d'oublier cette soirée désastreuse.

En continuant à chanter, elle sortit du manoir, avec les animaux, et s'approcha près d'un lac où les poissons nagent en douceur.

Soudainement, Lara arrêta de chanter, et les animaux étaient éblouis et admirent la beauté de Lara.

Pendant ce temps, le terrible chevalier blanc était devant une fenêtre, avec des yeux diaboliques.

Il réfléchit sur le moment où commencer son plan d'attaque, avec l'idée qu'il a en tête.

Il se retourna vers la table où est posé son épée, et son casque de chevalier blanc, et s'assoit sur une chaise en bois, devant une lampe.

— La question, c'est comment la retrouver cette fille que le prince Alban aime !

Il regarda devant lui une carte du village situé autour du château royal, et observa les plans.

À un moment donné, un déclic envahit son esprit, c'est de s'intéresser aux jeunes filles qui avaient les cheveux noirs.

Alors, il vérifia tous les noms et adresse de chaque jeune fille ayant les cheveux noirs, pour retrouver la bien-aimée du prince Alban.

Au même moment, dans le château du prince Alban, dans cette nuit étoilée, dans la salle du trône, le prince Alban était assis sur le trône, il pensait à la mystérieuse jeune fille qui lui avait échappé.

Une femme de la royauté, qui était la reine et la mère du prince Alban, arriva dans la salle du trône avec une préoccupation pour son fils.

— Alban, tu es blanc ? s'inquiète-t-elle.

Alban malheureux, montre le collier à sa mère en lui expliquant la situation, et la reine dit :

— Tu la retrouveras bien un jour, et ce collier est magnifique, explique la reine en prenant le collier.

Alors, la reine, curieuse, enfile le collier autour de son cou.

— Vraiment magnifique, mais dommage qu'il ne m'aille pas, s'attriste la reine et mère du prince Alban.

Alban se mit à avoir une tête étonnée, il reprit le collier dans ses mains et décida de le faire essayer à des femmes domestiques.

— Allez me chercher quelques femmes domestiques d'urgence, ordonne le prince Alban à un soldat.

— Bien, Votre Majesté !

Ensuite, le soldat partit chercher quelques domestiques afin de faire essayer le collier qui selon lui pourrait être magique.

— Mon fils, la femme n'est pas parmi les domestiques.

— Je sais maman, mais je veux m'assurer de quelque chose, car, je pense que ce collier doit être magique, répondit le prince en souriant.

Il se leva du trône et marcha dans toutes les directions, et quelques minutes suivent, six femmes domestiques arrivent dans la salle du trône en demandent :

— Vous aviez demandé à nous voir, Votre Majesté ?

— Oui, approchez-vous, et essayez-moi ce collier.

Les femmes domestiques s'approchent du prince Alban, pendant que la reine observe attentivement.

Après l'avoir essayé, le prince Alban comprit que ce collier ne peut fonctionner que sur la femme de sa vie.

— Merci à vous, vous pouvez partir, remercie le prince.

Les femmes domestiques s'en allèrent et Alban regarda en souriant le collier sous les yeux de sa mère la reine.

Pour le prince Alban, le collier était le seul espoir pour lui de retrouver la femme de ses rêves.

Alors, la reine remarqua que son fils a une idée en tête, elle lui demande :

— Tu dois avoir une idée en tête, mon fils.

Il regarda sa mère, appela le serviteur de sa mère et lui demanda d'aller annoncer la nouvelle et convoquer toutes les jeunes filles du royaume pour faire essayer le collier pour la retrouver et l'épouser.

Le valet, présent dans la grande salle, obéit à l'ordre du prince en disant :

— Oui, Votre Majesté.

Et il s'en alla le lendemain à l'aube pour accomplir la mission qui lui a été confiée.

Souriant, le prince garde la joie, et le bonheur, puisque c'est son dernier espoir.

Dans le manoir dans la nuit, Lara était devant la fenêtre en regardant le château.

Elle se dit :

— Je devrais peut-être y retourner ?

Les oiseaux et les animaux, qui étaient présents à ses côtés, rassurent Lara. Elle les remercie.

— Merci à vous, remercie-t-elle souriante.

Alors elle réfléchit silencieusement, pour savoir si elle doit y retourner, car elle a un amour pour le prince Alban.

Elle s'allongea sur son lit et finit par s'endormir paisiblement pendant que les oiseaux tirèrent la couverture sur Lara, un autre éteint la bougie avec sa queue, et ils s'endorment avec elle.

Pendant ce temps, le chevalier blanc, était sur son cheval en train de trotter sur un sentier, il avait, une grande haine contre le prince Alban.

Ce trajet, c'était pour aller dans les villages repérer la jeune fille que le prince aime.

— Je la retrouverai tôt ou tard, même si cela doit me prendre des semaines ! s'exclama-t-il.

Alors, il garde son sang-froid et continue son chemin vers les villages afin de pouvoir retrouver Lara, et s'en servir pour briser le bonheur du prince Alban.

Chapitre 6
La colère de l’ennemi

À l’aube, dès la matinée, le soleil se lève lentement à l’horizon.

Les habitants du royaume étaient réunis sur la grande place devant le valet de la monarchie.

Ils étaient curieux de savoir ce qu’il allait dire.

Sur son cheval, avec une longue feuille, les habitants étaient attentifs aux paroles du serviteur du château.

— La reine et le prince convoquent dans le château toutes les jeunes filles aux cheveux noirs, afin de faire essayer un collier mystérieux, et si le pouvoir du collier fonctionne par de la magie, et sous les ordres formels de la reine, l’élue parmi les jeunes filles deviendra la fiancée du prince, annonce le serviteur.

Sur la grande place, les jeunes filles aux cheveux noirs étaient heureuses, et espèrent alors qu’elles seront choisies par le collier magique.

Dans la foule, le chevalier blanc était présent, alors, il lui vient une nouvelle idée en tête, c'est d'empêcher, la mystérieuse jeune fille d'aller essayer le collier.

Puis il s'en alla en direction du manoir où vivent Lara et ses parents, en réfléchissant.

Alors, toutes ces jeunes filles partent immédiatement vers le château en faisant la queue, pour attendre leurs tours.

Elles étaient très nombreuses à attendre leurs tours, que dans la salle du trône, le prince Alban dit à sa mère :

— J'espère qu'elle est là, la femme de mes rêves.

— Nous vous inquiétez pas, mon fils, elle est sûrement là, répondit-elle.

Par contre, le valet, qui était présent dans la salle du trône avec une liste des jeunes filles, dit à la reine et au prince :

— Nous pouvons commencer, Votre Majesté.

— Très bien, remercient le prince et la reine.

Alors, le valet du château appela chaque jeune fille les unes après les autres, raya les noms de celles qui sont passées pour essayer le collier.

Le prince se montre souriant, et parfois fatigué, car il sait qu'il en aura pour des heures pour la retrouver.

Quasiment au même moment, les parents de Lara, dans le manoir, préparent leurs valises sous les yeux de leur fille unique.

Ils devaient partir pour un voyage, que la femme dit :

— Tu sauras te débrouiller seule sans nous ?

— Mais oui, maman, ne t'inquiète pas, tout ira bien pour moi, répondit Lara.

Sans continuer la conversation, les parents de Lara ferment leurs valises, quittent le manoir et déposent les bagages sur le toit de la calèche et montent à l'intérieur.

— À ce soir ! cria la femme à sa fille.

— À ce soir, papa et maman.

Puis le père de Lara demande au cocher de conduire la calèche, les parents de Lara quittent le manoir, sous l'au revoir de leur fille qui fait le signe de la main.

Enfin seule maintenant, avec la compagnie des oiseaux et des animaux.

Elle se met à s'étirer, rentre dans le manoir, et rejoint le salon, hésitant d'aller au château pour retrouver le prince Alban, dont elle ignore que le prince fait essayer le collier pour qu'elle soit retrouvée.

Donc, Lara s'assit sur un fauteuil et prit un livre, le lut silencieusement, pendant que les oiseaux et les animaux étaient à ses côtés.

Quelques minutes suivent, Lara était fatiguée et elle dit aux animaux :

— Je vais prendre l'air un peu.

Alors, elle se lève du fauteuil, et sortit du manoir calmement, et en souriant, mais le chevalier blanc, qui était de passage la vit au loin, et se dit :

— C'est elle ! Je l'ai enfin retrouvée, je la reconnais ! s'émerveille-t-il.

Il observa Lara, toute joyeuse, et décida de passer à l'action.

Alors, il s'avança vers le manoir avec son cheval, jouant la comédie. Lara vit le chevalier blanc s'approcher d'elle et elle demanda :

— Bonjour, vous seriez perdu ? demande Lara en souriant.

— Ma chère puis-je prendre un verre d'eau ? demande le chevalier blanc.

Alors Lara accepta la demande du chevalier blanc, et rentra dans le manoir, mais elle ne sait pas qu'elle est suivie par le chevalier qui montre son vrai visage. Les oiseaux et les animaux sentent le piège.

Silencieusement, il rentre dans le manoir et il verrouille la serrure, quand Lara revient, il se montre méchant et a tellement de haine.

Il était vraiment en colère, que Lara prit peur, que le chevalier blanc sortit son épée de son fourreau et le pointe sur Lara, qui lâcha le verre qui se brise au sol.

— Mais que voulez-vous au juste ! prit peur la jeune fille.

— Rien, au contraire, tu resteras ici, tant, que j'aurai la peau d'Alban ! s'énerve en fureur le chevalier blanc.

— Mais qui êtes-vous au juste, je ne vous ai rien fait, et lui non plus ! parle-t-elle avec anxiété.

Le chevalier blanc expliqua à Lara que le prince Alban fait essayer le collier magique à toutes les jeunes filles en ce moment même, ainsi, qui lui explique son plan.

— Le prince s'apercevra que la jeune fille qui l'aime l'aura oublié, et toi tu partiras, ainsi, il sera malheureux pour toujours ! dit avec joie et avec méchanceté le chevalier blanc.

Les animaux et les oiseaux, qui avaient observé la scène, décident de voler et de courir jusqu'au château afin de prévenir le prince Alban que Lara est en danger.

Leurs vitesses étaient folles et rapides pour aller jusqu'au château royal.

Dans le manoir, le terrible et méchant chevalier blanc d'un ton clair et brutal s'exprime :

— Je me fiche de ce que tu fais, mais ne t'approche pas du château ni du prince !

Mais, avec le doute, il décide de la prendre en otage.

Une idée lui vient en tête, pour Lara, c'est de s'enfuir le plus vite possible.

— Laisse-moi partir ! hurle-t-elle.

Elle força le passage au chevalier blanc, qui lui agrippe son bras en disant brusquement :

— Tu restes ici petite peste !

Alors, Lara, pour se défendre, elle gifla le chevalier blanc, que le méchant homme l'assomme, ce qui rend Lara inconsciente.

— Si elle résiste, je la tuerai, s'il le faut ! se dit-il.

Ensuite, il fait traîner Lara jusque dans le grenier et la ligote afin qu'elle ne s'enfuie pas. Recherchant le malheur du prince Alban, il pensa à la deuxième étape de son plan diabolique : celui de faire bannir Lara du royaume afin qu'elle ne puisse plus revoir le prince Alban, ceci afin de le rendre malheureux pour toujours.

— Le plan fonctionne à merveille, j'aurai gagné cette bataille ! Mais, je vais surveiller les environs on ne sait jamais ! se donne-t-il l'idée.

Alors, il quitta le grenier et se positionna sur un banc face à une fenêtre afin de vérifier les environs en cas d'attaque-surprise.

Chapitre 7
La chute du chevalier blanc

Pendant que le soleil brille sur le royaume, le jeune prince continue à faire essayer le collier aux jeunes filles présentes pour l'essayage.

Par contre, la dernière se présente devant le prince Alban, et le fait essayer, mais le collier ne fonctionne pas sur elle.

— Mon fils, il n'y a plus personne maintenant, vous devriez sans doute confondre avec une autre jeune fille ayant, une teinture de cheveux différente ? Explique la reine.

— Je n'ai pourtant pas rêvé, elle a bien les cheveux noirs pourtant, répondit le prince Alban.

Ils gardèrent le silence, pendant qu'Alban regarda attentivement le collier en souriant.

Soudainement, le serviteur remarqua une chose étrange sur la liste et dit alors :

— Majesté, il en manque une, elle s'appelle Lara, mais personne ne vient, intervient-il.

— Mais bien sûr, il faut la chercher, elle doit l'essayer comme toutes les autres !

Alors, le prince donna le collier magique à sa mère, la reine, et décida avec le serviteur d'aller directement au manoir de Lara, pour aller la chercher.

Ils quittent la salle du trône sous les yeux des jeunes filles, et descendent dans les écuries.

Une fois arrivés, ils préparent les chevaux pour aller jusqu'au manoir où vivent Lara et ses parents.

Soudainement, des oiseaux et des animaux arrivent par une fenêtre et attirent le prince Alban pour le prévenir du danger qui se passe au manoir.

— Mais, il se passe quoi au juste ? se questionne-t-il.

— Je ne sais pas, Votre Majesté, mais ils essayent de nous dire quelque chose, mais quoi au juste ?

Les animaux expliquent alors la situation au prince Alban de manière théâtrale.

Il a reconnu la femme de ses rêves et le méchant chevalier blanc.

Il comprit que sa bien-aimée est en danger de mort, et il dit au serviteur :

— Il faut y aller tout de suite, le chevalier blanc est encore en train de préparer un complot diabolique, et il la retient dans le manoir !

— Cela s'explique pourquoi, elle n'est pas venue.

Alors, le prince Alban et le serviteur grimpent rapidement sur leurs chevaux, et quittent le château en galopant à toute vitesse avec les animaux pour voler au secours de Lara.

Dans le trajet, le soleil commença à se cacher et l'orage arriva accompagné de pluie.

Sur le chemin, le prince se confie au serviteur :

— J'espère que c'est elle.

— Vote majesté, garder confiance en vous, lui rassure le serviteur.

Ils continuent alors de galoper jusqu'au manoir avec les animaux.

Le chevalier blanc qui guette depuis la fenêtre, décide de sortir du manoir, et en sortant, sous la pluie, il aperçut le prince Alban, avec le serviteur et les animaux, et les oiseaux, et prit de panique, il rentra de nouveau dans le manoir, et barricade la porte d'entrée.

Alors, le prince Alban, accompagné du serviteur et des animaux, arrive devant le manoir et reconnut le cheval du chevalier blanc qui comprit qu'il doit se cacher et préparer un piège mortel.

— Il faut être prudent, il prépare sans doute un piège, prévient le prince.

— Je suis du même avis, Votre Majesté.

Alors, ils s'approchent de la porte d'entrée et essayent de l'ouvrir, mais ils ne parviennent pas à l'ouvrir.

Enfin, ils emploient les grands moyens, ils tentent d'enfoncer la porte pour l'ouvrir, et soudainement sous l'orage et la pluie, ils réussissent à ouvrir la porte du manoir, rentrent et s'aperçoivent qu'il n'y a aucune présence humaine.

— Il n'y a personne, Votre Majesté.

— Il faut rester prudent, le chevalier blanc doit se cacher quelque part dans le manoir, met en garde Alban.

Soudainement, la porte se claque et le chevalier blanc était caché derrière et pointe son épée sur le prince et le serviteur.

— Te voilà enfin Alban, je t'attendais !

— Que ce que tu veux toi encore ! Et où est-elle ?! parle méchamment le prince Alban.

Alors, le chevalier blanc expliqua que la jeune fille est partie depuis longtemps, et elle ne reviendra jamais.

— Elle est partie celle que tu aimes, la tendre et belle Lara ! ment le chevalier blanc.

Mais Alban, le prince du royaume, ne croit pas aux paroles du chevalier blanc, et demande à son serviteur de fouiller le manoir.

Au moment où il allait partir, le chevalier barre le chemin au serviteur avec son épée, et le prince Alban, sortit à son tour son épée, et commencc à attaquer le chevalier blanc et un combat s'oppose entre les deux hommes.

— Retrouve-la vite ! cria Alban.

Alors le serviteur partit pour fouiller le manoir, afin de retrouver Lara. Mais pour retrouver cette jeune fille, il est aidé par quelques animaux.

Dans le hall d'entrée, un combat féroce, était équitable sous ce temps orageux, ainsi le chevalier blanc repousse le prince Alban, que le méchant homme dit :

— Tu n'es pas à la hauteur ! dit-il en mettant son casque blanc.

Après avoir mis son casque blanc sur la tête, il s'approche vers le prince, quand soudainement, des animaux s'attaquent au chevalier blanc, ce qui permet au prince de trouver une stratégie.

— J'ai une idée !

Le chevalier blanc parvint à se débarrasser des animaux qui le gênent et regarda le prince Alban.

— Je vais l'attirer ! murmure le prince.

Alors, il attire le chevalier blanc dans le grand salon et le combat continue entre eux, en brisant des vitres et des meubles.

Le chevalier prit la nuque du prince et le jeta avec force sur une bibliothèque, et cogne sa tête sur une table en verre.

Il perd son épée et s'aide de livres pour se servir comme bouclier, et arrive ensuite dans la cuisine et la salle à manger.

Leur combat provoque des dégâts considérables dans chaque pièce du manoir, quand soudainement, il retrouve son épée au sol, et se précipite pour le rattraper.

Le chevalier hurle :

— Tu es plus stupide que je le pense !

Au moment où le chevalier allait tuer le prince Alban, notre jeune prince réussit à s'emparer de son épée et se retourna vers le méchant homme, qui était avec haine et colère, et planta la lame dans le ventre du chevalier, qui se mit à souffrir.

— Tu ne gagneras pas cette bataille ! souffre-t-il.

— Mais sache que ta fin est proche ! répond avec malice le prince Alban.

Ensuite, le prince retire son épée et se relève silencieusement avec un regard glacé, et avant de mourir, le chevalier blanc, s'apprête à tuer le prince, en levant son épée et à bout de souffle, il s'effondre au sol et mourut.

Victorieux, Alban, notre jeune prince, s'assit au sol avec les animaux et des oiseaux qui le rejoignent, en leur disant :

— Merci pour votre aide, remercie-t-il.

Les animaux se collent au prince pour le remercier. Il décide de retrouver sa bien-aimée et rejoint le serviteur à l'étage qui lui cherche encore Lara avec une partie des animaux et les oiseaux.

Chapitre 8
Les retrouvailles

Le prince Alban monta les escaliers, en regardant attentivement les tableaux accrochés au mur, souriant de joie au plus profond de son cœur.

Une fois arrivé en haut de l'escalier, il retrouve son serviteur qui cherche alors la jeune fille.

Il demanda alors :

— Tu l'as retrouvé ? demande-t-il.

— Non, Votre Majesté, je cherche encore, mais aucune trace d'elle dans le manoir.

Sous les yeux des animaux qui aident le prince et le serviteur à retrouver Lara partout dans le manoir, Alban dit avec inquiétude :

— Le chevalier avait peut-être raison, elle a dû s'en aller pour toujours, s'attriste-t-il.

— Je ne crois pas, il a dû la mettre dans une pièce cachée, répondit le serviteur.

Quand soudainement, ils marchent dans le couloir et aperçoivent une trappe au plafond, qui donne l'accès au grenier.

— C'est sans doute le grenier, allons voir ! décrète le prince.

Alors le serviteur aperçut la corde et tira, et un escalier en bois descendit devant eux.

— Elle doit être là-haut, pense le prince Alban.

— Je le pense aussi, Votre Majesté.

Alors, par peur d'y aller, le serviteur propose au prince d'y aller en premier, mais Alban lui répondit alors :

— Vas-y toi.

Le serviteur monta seul les marches et arriva dans le grenier. Il retrouve Lara ligotée, inconsciente.

Alban hurle :

— Elle est là ? cria le prince.

— Oui, elle est là majesté !

Heureux, le prince monta à son tour les marches de l'escalier qui donne accès au grenier, suivi des animaux.

Il retrouve Lara, et avec amour, il s'approche d'elle. Avec l'aide du serviteur, il retire la corde et il la prend dans ses bras en essayant de la réveiller.

— Réveillez-vous ! Réveillez-vous ! dit le prince Alban.

— Elle n'a rien, elle est juste inconsciente, rassure le valet du château.

Rassuré, il tente de nouveau de la réveiller, et son regard était ébloui par la beauté de la jeune fille que pour le prince, c'était une beauté d'une rose.

Il est persuadé que c'est elle qui recherche depuis longtemps, mais pour être sûr, il faut qu'elle essaye le collier magique comme toutes les autres.

Soudainement, Lara se mit à remuer et ses yeux s'ouvrirent un petit peu, sous la joie du prince.

Alors, Lara voit le prince Alban qui la prend dans ses bras, paniquée, et avec étourdissement, elle s'enfuit à l'autre bout de la pièce du grenier.

Alban lui explique :

— N'es pas peur, je ne vais pas te faire du mal.

— Mais j'ai honte, et je suis timide de vous voir, expliqua Lara avec tremblement.

Les soupçons du prince se montrent exacts puisque la jeune fille à la fête était pareille.

Il se mit à rassurer Lara en s'approchant d'elle, et lui expliqua qu'elle devait essayer obligatoirement le collier comme toutes les autres.

— De quoi parlez-vous ? se questionne Lara.

— La jeune fille a perdu son collier, et l'ordre de la reine de le faire essayer à toutes les jeunes filles, et que tu es la seule qui manque à l'appel, raconte le serviteur du prince

Lara comprit que c'est de son collier qu'ils parlent et dit :

— Puis-je l'essayer aussi ?

— Tu dois l'essayer comme les autres, mais tout va bien se passer, lui rassurent le serviteur et Alban.

Alors, Lara se lève silencieusement et doucement, et commence à perdre de plus en plus sa timidité, ce qui fait plaisir au prince Alban.

— Je suis fier de toi, comment t'appelles-tu ?

— Lara, Votre Majesté.

— C'est bien vous qui manquez à l'appel, intervient le valet du château.

Le prince demanda alors à Lara de l'accompagner pour essayer le collier magique, et la jeune fille accepta la proposition du prince et elle dit :

— Avec plaisir, Votre Majesté.

Ensuite, ils quittent le grenier et sortent du manoir accompagnés des oiseaux et des animaux qui étaient présents.

— Monte sur mon cheval, Lara, propose Alban.

Souriante, elle monta sur le cheval du prince, pendant qu'il regarde le serviteur faire quelque chose mais quoi ?

— Que fais-tu ? se questionne le prince.

— Je vais mettre le corps du chevalier blanc sous terre, répondit-il.

Le serviteur, qui transporte le corps du chevalier blanc jusque dans les forêts, l'enterre avec rapidité.

Une fois terminé, le serviteur rejoignit le prince ct monta sur son cheval. Il est suivi par le prince qui monte derrière Lara. Ils galopent jusqu'au château royal, suivis par les animaux et les oiseaux qui les accompagnent.

Sur le trajet, l'orage s'arrêta et le soleil refait son apparition, alors, Alban était souriant, et espère que la jeune fille qui emmène soit celle de ses rêves.

Arrivé au palais royal, le prince descendit de son cheval, et rentra seul jusqu'à la salle du trône pour retrouver sa mère.

Dans la salle du trône où de jeunes filles attendaient en présence de la reine, la monarque retrouve son fils en lui disant :

— Alban, je me suis fait un sang d'encre.

— Désolée maman, j'ai rencontré des difficultés en chemin, rassure-t-il à sa mère.

Il s'assit aux côtés de sa mère, et le valet entra à son tour avec Lara dans la salle du trône au milieu des autres jeunes filles, et le prince dit :

— Approche Lara.

Alors elle s'approcha du prince Alban, pendant qu'il prit le collier magique des mains de sa mère et se leva calmement, et fit essayer le collier à Lara.

Soudainement, une lueur d'étoiles se dégage d'elle, et ainsi, Lara fait son apparition dans sa robe de bal argentée.

Heureux, le prince s'approcha d'elle, puis la reine dit :

— C'est incroyable.

— Mon amour, depuis de nombreux mois, j'attendais ce bonheur. Parle avec douceur le prince Alban.

Ils se prennent les mains, et la fée apparaît à son tour en disant :

— Enfin, j'attendais ce moment avec impatience, maintenant, mon enfant, épouse-le et ton bonheur sera éternel.

Le prince se mit à genoux et sortit la fameuse boîte où se trouve la bague en lui demandant :

— Lara, veux-tu m'épouser ? propose-t-il.

— Cher prince, j'accepte de vous épouser, répondit avec douceur la jeune fille, et future princesse.

Ému et tellement joyeux de la réponse de Lara, le prince se leva et enfila la bague sur l'annulaire gauche de Lara, et la fée dit :

— Il faut préparer les préparatifs du mariage.

— Nous nous en occupons avec mon serviteur, explique la reine.

Ainsi, tous heureux, et ils avaient hâte d'être au mariage princier, et la fée lève le sortilège du collier magique afin que Lara puisse porter librement sa tenue de bal argentée.

— Maintenant Lara, cette tenue est libre, tu peux enlever le collier sans perdre ta tenue de bal, elle est libre maintenant.

Lara s'approcha de la fée et la prit dans ses bras en la remerciant, ensuite, ils commencèrent à préparer le futur mariage attendu.

Chapitre 9
Un heureux événement

Cette nuit, la lune brillait et les étoiles étaient étincelantes.

Lara était dans une pièce avec trois femmes domestiques pour la cérémonie du mariage princier qui allait avoir lieu.

Elle était aidée par les domestiques pour lui faire enfiler une robe de mariée blanche. Elle se regarda dans le miroir et elle était aux anges.

— Comme la robe argentée, elle me plaît bien cette robe, se confie-t-elle.

— C'est votre mariage, Votre Majesté, elle est faite pour vous, répondit, avec plaisir, une femme domestique.

Lara était tellement heureuse de ce jour, elle ne l'oubliera jamais.

Soudainement, un homme rentre dans la chambre. Lara le voyait par le reflet du miroir et reconnut son propre père, elle se retourna vers lui, puis l'homme dit :

— Tu es magnifique ma fille, je suis fier de toi.

— Papa, tu es là enfin, merci d'être venu. Et maman ?

— Ta mère est là, nous n'allons pas rater quelque chose de merveilleux dans la famille.

Alors Lara prit son père dans ses bras avec quelques larmes dans ses yeux. Et les domestiques dirent :

— Nous avons terminé, vous êtes maintenant prête, expliquent-ils.

— Merci à vous, répond Lara, pendant que les domestiques s'en allaient jusqu'à la salle du trône.

Ensuite, elle se regarda une dernière fois dans le miroir, pensant à son avenir avec le prince Alban.

Toutefois, le père de la jeune fille raconte que tout le monde les attend, et qu'il faudrait y aller.

Alors, Lara et son père rejoignent la salle du trône et marchent silencieusement dans les couloirs du palais.

Ils observent les tableaux aux murs, et le paysage nocturne par la fenêtre.

Ensuite arrivés devant la grande porte.

— Prends mon bras, raconte l'homme.

Alors, Lara prit le bras de son père avec un bouquet de mariée.

Lorsque les portes s'ouvrirent et les trompettes résonnent, la mélodie du mariage retentit, Lara marcha avec son père jusqu'au prince Alban qui était positionné prêt du prêtre.

Quant à Alban, il était souriant car pour lui, la solitude était terminée, il était aussi aux anges car enfin, il épouse la femme de ses rêves.

Lara arriva jusqu'au prince, le père de la jeune fille la lâcha et rejoignit sa femme assise non loin de la reine et du serviteur, ainsi que de la fée qui l'avait soutenue depuis le début, il s'assit alors que la mère de Lara pleura.

— Sois forte, ça va faire un vide dans la maison, raconte le père de la jeune fille.

— Oui, je sais bien, mais je n'aurai jamais cru que cela allait arriver, répondit la femme et mère de Lara.

— C'est grâce à moi tout cela, depuis le début, explique avec gentillesse la fée.

— Nous n'avions jamais remarqué votre présence dans le manoir, intervient la mère de la jeune fille très étonnée.

La fée leur expliqua qu'elle était cachée et présente dans le manoir depuis plusieurs années, que sa mission, c'était de lui faire trouver l'amour à Lara, et que sa mission fut une réussite.

L'homme et sa femme comprennent alors les explications de la fée, puis ils regardent ensuite devant eux, vers les mariés avec une joie d'un bonheur éternel.

Le prêtre commença la cérémonie, et tout le monde était silencieux. Les animaux, accompagnés d'oiseaux, étaient en hauteur et regardèrent la cérémonie du mariage, avec un regard doux et chaleureux.

La reine dit à son serviteur :

— Depuis le temps qu'Alban attendait ce moment magique.

— Je suis de votre avis, Votre Majesté.

Elle prit un mouchoir et sécha ses larmes et se moucha le nez. Elle était très joyeuse et heureuse aussi pour son fils.

— Votre Majesté, vous allez bien ? s'inquiète le serviteur.

— Je suis juste heureuse, répondit-elle.

Ensuite, ils regardent vers le prêtre et les mariés, et écoutent la cérémonie.

La fin du mariage approche, Alban donne ses vœux de mariage en regardant dans les yeux de Lara tout souriant.

Émue, la jeune fille ne s'attendait pas à des paroles si précieuses de la part du prince Alban. Elle se mit à sourire d'un amour si fort.

Ensuite, la cérémonie se termina et les mariés acceptèrent l'un à l'autre d'être mari et femme, sous le soulagement de la reine et des parents de Lara.

— Enfin, dit avec soulagement la reine.

Le valet prit la reine dans ses bras et montrèrent dans leurs visages un air heureux et joyeux, et tout le monde applaudit les mariés.

Les invités se lèvent et sortent, attendent les mariés sous le temps nocturne des étoiles qui brillent dans le ciel noir, et lumineux.

Un silence absolu envahit le château et les portes s'ouvrent. Les mariés descendent les marches sous les jets des confettis et de riz lancé par les invités.

Les cloches résonnent ainsi, Lara et le prince Alban sourient, montrent une joie intense, suivis par la reine, le serviteur, ainsi que les parents de Lara qui leur disent « à bientôt ».

Tandis que la fée arriva peu de temps après avec sa baguette magique, souriante.

Les mariés s'approchèrent du carrosse royal teinté d'or et Lara regarda les invités et leur fit le signe de la main, sous les oiseaux et les animaux qui étaient présents depuis le début.

Les oiseaux se posent sur l'index droit de Lara qui les regarde en leur disant avec douceur :

— Merci à vous de m'avoir soutenue, remercie Lara, pendant que les oiseaux s'envolent.

Le cocher ouvrit la porte du carrosse, et ainsi, Lara et Alban montèrent à l'intérieur.

— Nous partons, Votre Majesté, vers les îles paradisiaques, raconte le cocher en fermant doucement la porte.

Puis l'homme monta et prit les rênes, et conduisit le carrosse à une faible allure, pendant que Lara et Alban saluaient la foule.

— À bientôt ! cria Lara à ses parents.

Les parents de Lara, ainsi que la reine, le serviteur et la fée font le signe de l'au revoir, et le carrosse royal accélère.

À un moment donné, les oiseaux et les animaux suivirent le carrosse et Lara les salua, et tout le monde vit le prince et la princesse s'embrasser, et ainsi, ils vécurent heureux pour l'éternité et eurent beaucoup d'enfants.

Inspiration

La mythologie, l'histoire, les auteurs et la vie quotidienne m'ont beaucoup inspiré l'écriture.

Remerciement

Je remercie très chaleureusement mon entourage de m'avoir aidé, soutenu et permis de créer, corriger et réaliser ce livre…

Et bien entendu beaucoup d'auteurs, notamment Charles Perrault et les Studios de Walt Disney (*Cendrillon*, *Peau d'Âne*), qui m'ont beaucoup inspiré.

Imprimé en Allemagne
Achevé d'imprimer en novembre 2021
Dépôt légal : novembre 2021

Pour

Le Lys Bleu Éditions
40, rue du Louvre
75001 Paris

www.ingramcontent.com/pod-product-compliance
Lightning Source LLC
LaVergne TN
LVHW050340160826
845677LV00014B/3712